“나 추우면 너희를

누렁이가 가슴을 불룩 내밀었다.

“얼마든지. 내가 벌써 털을 갈아서 겨드랑이 털이 거북스러울 정도니까 걱정 붙들어 매라고.”

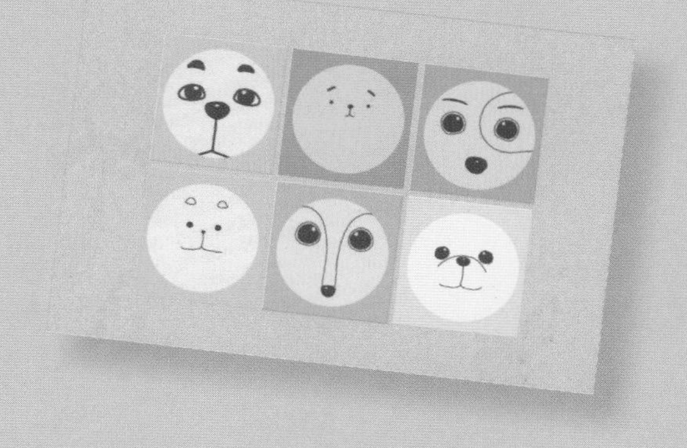

"넌 네 가슴속에 있던 미움을 이겨내지 못해서
아무거나 막대기만 보면 전부 올가미로 보이는 거야."

"그게 널 힘들게 하는 거야."

"네가 물어뜯으면 난 죽을 거야. 그러니까 날 물어뜯지 마.
이제부터 너한테 가서 네 이야기를 들어줄게.
난 네 친구가 되어줄 테니까 나한테 화내지 마."

"당신들에게 기대고 싶지 않아.
언제고 파치 못할 일이 생기면
당신들은 내 친구들처럼 나한테 해주지 않을 거야."

글 · 손승휘 _그림 · 이재현

바우네 가족 이야기

초판 1쇄 인쇄 · 2019년 2월 1일
초판 1쇄 발행 · 2019년 2월 7일

지은이 · 손승휘
그린이 · 이재현
펴낸이 · 이춘원
펴낸곳 · 책이있는마을
기 획 · 강영길
편 집 · 이경미
디자인 · GRIM / dizein@hanmail.net
마케팅 · 강영길

주 소 · 경기도 고양시 일산동구 무궁화로120번길 40-14(정발산동)
전 화 · (031) 911-8017
팩 스 · (031) 911-8018
이메일 · bookvillagekr@hanmail.net
등록일 · 1997년 12월 26일
등록번호 · 제10-1532호

잘못된 책은 구입하신 서점에서 교환해 드립니다.
책값은 뒤표지에 있습니다.

ISBN 978-89-5639-306-3 (03810)

이 도서의 국립중앙도서관 출판예정도서목록(CIP)은 서지정보유통지원시스템 홈페이지(http://seoji.nl.go.kr)와 국가자료공동목록시스템(http://www.nl.go.kr/kolisnet)에서 이용하실 수 있습니다.(CIP 제어번호 : CIP2019001145)

바우네
가족이야기
Bau's Family Story

책이 있는 마을

차 례

겨울비

1

"저리 가! 저리 가!"

경계심 가득한 소리가 어둠을 뚫고 들려왔다. 소리는 크고 우렁차서 빗소리를 뚫고 산 전체를 뒤흔들었다.

바우는 소리의 주인이 누구인지 알았지만 차가운 비를 맞기 싫어서 처마 아래에 잠자코 엎드려 있었다. 겨울비는 눈보다 더 몸에 좋지 않다.

"가보아야 하지 않겠어요?"

아라가 걱정스러운 듯 몸을 일으키고 바우를 돌아보았다. 아라의 옆구리에 매달려서 잠들어 있던 퐁당마저 부스스 눈을 뜨고 바우를 돌아보았다.

"그래야 할 것 같군."

바우는 몸을 일으켰다. 퐁당이 따라나서려고 했지만 바우가 코끝으로 밀어 넣었다.

"엄마랑 있어라. 비가 내리고 있잖니?"

퐁당은 아쉬운 듯 꼬리를 흔들며 바우를 올려다보았다. 바우는 퐁당의 이마를 혀로 핥아주었다. 아빠 말 들어야지, 그런 뜻이다.

"금방 돌아올게. 비도 내리는데 농장에는 왜들 간 걸까?"

"그야 초코 때문이겠죠."

바우는 퐁당이 아라의 옆구리로 다시 기어드는 모습을 확인하고 빠르게 산 아래쪽으로 달려갔다. 이미 어두워진 데다가 구불구불하고 미끄럽지만 매일 다니는 길이라 힘들지 않았다. 다만 몸이 약하고 작은 초코는 차가운 비를 맞으면 좋지 않다.

산비탈을 벗어나면 커다란 농장이 있다. 농장과 농장 사이에는 길게 도랑이 있고 도랑 옆에는 어른 키 높이 정도의 철조망이 있다.

친구들은 도랑을 앞에 두고 철조망을 바라보며 서 있었다. 달마와 누렁이는 커다란 체구를 빳빳하게 세우고 철조망 안의 낯선 두 친구들을 노려보며 하얀 송곳니를 드러내는 중이었다. 그 사이에 초코가 차가운 비를 맞고 몸을 떨며 끼어 있었다.

"왜들 그래?"

바우는 천천히 도랑 위 둔덕으로 오르며 친구들을 둘러보았다.

"저 시끄러운 녀석, 언젠가는 내가 물어뜯고 말 거야."

시끄러운 녀석들이란 적의에 차서 "저리 가!" "저리 가!" 하고 떠드는 시커먼 경비견들이다. 얼마 전에 새로 온 경비견들인데 덩치가 크고 시커먼 게 사나워 보인다.

"너희가 와서 위협하니까 그렇잖아."

바우는 철조망 안에서 이리저리 움직이며 소리를 질러대는 낯선 친구들을 바라보았다. 두 친구 모두 어쩔 줄을 모르고 이리저리 오가며 소리 질렀다.

“저리 가!”

“저리 가!”

농막 현관에 불이 탁 켜졌다. 위험신호다. 아니나 다를까, 농장 주인이 문을 열고 나왔다.

‘이놈의 들개들을 그냥!’

농장 주인은 농막의 벽에 세워두었던 기다란 농기구를 집어 들었다. 그러고는 성큼성큼 철조망을 향해 다가왔다. 낯선 친구들이 더욱 사납게 떠들었다.

“돌아가자.”

바우는 친구들에게 신호를 보냈다.

“안 돼.”

누렁이가 송곳니를 드러내면서 농장 주인을 향해 을러댔다.

"초코, 저녁 굶었어."

바우는 고개를 끄덕였다. 초코는 체구가 작고 약해서 비 오는 날이면 제대로 먹지 못하기 일쑤이다. 비가 오면 등산객들이 없으니 먹다 버린 음식도 없다. 그러면 높은 곳에 있는 산장까지 가야 하는데, 초코는 산장까지 오르지 못한다. 그렇다고 비가 내리는데 다른 친구들이 자기 먹고 초코 먹을 것까지 구해올 재간도 없다.

"알아. 그러니까 이제 그만 돌아가자. 초코 저녁은 내가 챙길게."

친구들이 바우를 돌아보았다.

"내가 나갔다 올 테니까 그만 가자. 문제 일으키지 마."

바우는 친구들에게 다짐하듯 말했다.

"내가 먹을 걸 가져와서 초코가 먹고 잘 수 있게 할 거야."

친구들은 바우를 믿었다. 다들 낯선 친구들을 마음에 안 든다는 표시로 한 번 쓰윽 훑어보고 몸을 돌렸다.

"언제고 손봐준다, 치사한 녀석."

"사람들 편에서 잘 먹고 잘 살아라, 바보야."

초코는 힘이 없어 보였다. 바우는 친구들을 이끌고 산비탈을 올랐다. 비가 내리는 날은 등산로에 먹을 게 별로 없다. 하지만 산장까지 오르면 무언가 좀 있을 것이다.

농장을 습격하려고 생각한 친구들 마음도 충분히 이해할 수 있었다. 초코는 몸이 약해서 날이 추울 때 든든히 먹지 않으면 며칠씩 앓고는 한다.

"먼저들 집에 가 있어. 비 맞지 말고 따뜻하게 해야 해. 겨울비는 눈하고 달라. 감기 들기 딱 좋으니까 조심들 해."

친구들은 말없이 집으로 향했다.

2

바우는 커다란 대피소가 있는 곳까지 힘겹게 올랐다. 할머니와 살 때에는 한 번도 올라와보지 않은 곳이다. 그러나 할머니께서 돌아가시고 혼자가 된 후에는 깎아지른 듯한 비탈을 자주 오르게 된다.

바우가 맹도견 임무를 다 마치고 왔을 때에 할머니도 역시 눈이 잘 안 보여서 아라를 데리고 살고 계셨다. 할머니는 아라가 아이도 한 번 낳지 않고 사는 걸 안타까워해서 은퇴한 바우를 원했고, 맹도견 협회에서는 기꺼이 바우를 할머니에게 보내주었다.

할머니는 목소리가 작고 조용한 분이었지만 건강했다. 처음 한 해 정도는 산속을 여기저기 다닐 수 있어서 바우와 아라를 데리고 산나물도 뜯고 꽃구경도 하면서 행복하게 지내셨다.

그러나 할머니는 올봄에 쓰러지신 후에 방을 벗어나지 못하고 그만 하늘나라로 떠나셨다. 사회복지사가 할머니의 죽음을 알렸지만 항상 전화하던 할머니의 아들과 딸은 오겠다고 하고는 끝내 오지 않았다.

사회복지사는 바우와 아라에게 이제 곧 누군가가 올 거라고 말하고 가버렸지만, 그 후로 아무도 오지 않았다. 바우는 아라와 이 작은 빈집에서 누군가를 기다렸지만 아무도 오지 않았다.

바우는 그때부터 이 산장을 다니기 시작했다. 잔반통을 뒤지기도 하고, 등산객들이 먹다가 버리고 간 찌꺼기들을 슬쩍 물고 집으로 돌아오고는 했다.

등산객이나 산장에 사는 사람들과 부딪치지는 않았다. 산장에 사는 사람들은 산을 지키는 사람들이고 할머니와도 친했지만 바우와 아라를 도와주지도, 그렇다고 싫어하지도 않았다. 서로는 서로를 인정하지도 무시하지도 않았다.

- 괜찮은 사이야.

바우는 그렇게 생각했다. 이 세상 모두가 서로 사랑할 수는 없다. 맹도견으로 근무할 때에도 항상 그렇게 느껴왔다. 두려운 건 미움이다.

이유 없이 사람을, 아니면 동물을 싫어하는 사람은 있기 마련이다. 심지어는 시각장애를 가진 사람에게 적의를 품는 사람들도 있었다. 시각장애와 바우는 아무런 연관이 없는데도 불구하고 마주치면 표정이 일그러지는 이상한 사람들도 있었다.

거기에 비하면 서로가 서로를 사랑하지 않을 때 적당한 간격을 두고 지내는 사이는 나쁘지 않다. 바우 역시 함부로 친숙해지기보다는 적당히 서먹서먹하게 지내는 게 편했다.

어쩌면 할머니와도 그렇게 지냈으면 좋을 뻔했다. 그랬으면 마지막을 맞았던 병원을 떠나 집으로 돌아오는 길이 그토록 힘들지는 않았을 것이다. 아니, 그 후로도 수없이 할머니를 그리워하면서 다닌 모든 길이 날마다 슬프지는 않았을 것이다.

돌이켜보면 할머니뿐이 아니었다. 만나고 헤어지는 때마다 상실감으로 죽을 만큼 아팠다. 서로 끌어안고 작별인사를 하는 순간의 아픔보다 더한 건, 한 달이 지나고 두 달이 지난 후에 아무 데서나 마구 떠오르는 그 모습이었다.

하늘에도 길에도 집에도 마당에도 때때로 떠오르는 헤어진 사람의 모습은 참기 어려운 슬픔이다.

그래서 바우는 자꾸 생각하게 된다.

- 너무 뜨겁지 않게, 너무 차갑지 않게…….

3

초코는 먹는 양이 아주 적다. 그래서 먹다 남은 소시지 깡통 하나로도 충분히 만족했다. 초코는 저녁을 먹고 누렁이의 곁에 붙어서 잠이 들었다.

바우는 달마와 누렁이와 함께 툇마루에 나란히 엎드려서 내리는 비를 바라보았다. 비는 점점 더 거세지고 바람도 불기 시작해서 이제 본격적인 겨울이 왔다는 걸 느낄 수 있었다.

"이제 겨울이 오고 눈이 내리면 농장에 가서 먹을 걸 훔쳐야 하는데 그 사나운 놈들을 제압하지 않고는 방법이 없어."

누렁이의 의견에 달마가 맞장구를 쳤다.

"내 생각에도 언제고 그 두 녀석은 제압해야만 해. 좀 드나들게 해주면 어때? 나쁜 녀석들이야."

바우는 친구들의 말을 들으면서 잠자코 있었다.
할머니 생각이 났다.

할머니라면 이럴 때 어떻게 하셨을까?

'누구나 자기 입장이 있는 거란다.'

언제인가 눈이 아픈 할머니께서 혼자 식당에 들어가는 게 싫어서 식당 종업원에게 몸을 들이밀며 고집을 부리는 바우에게 할머니는 그렇게 말씀하셨다.

'이 식당은 너희들이 들어갈 수 없는 곳이라서 저 사람이 막는 거란다. 대신 나를 안내해주겠다고 하지 않니? 그럼 된 거다. 서로 양보해야지.'

바우는 친구들에게 말했다.

"내일 내가 농장에 가볼게."

4

아침에는 비가 더 많이 내렸다. 여름도 아닌데 비가 쉬지 않고 내려서 농장으로 갈 때는 차들이 다니는 도로를 따라 우회해야만 했다. 차들이 다니는 길이기는 하지만 한적한 길이어서 그다지 위험하지는 않다.

바우는 산을 내려가서 도로를 따라 산허리를 돌았다. 도로는 물이 잘 빠져서 걷기에 좋았다. 다만, 비가 너무 차갑다. 오늘은 친구들이 나다니지 못하게 해야겠다.

도로를 따라 걷다가 다시 산으로 들어서려는데, 문득 눈에 뜨이는 게 있었다. 젊은 친구 하나가 빗속에서 바보처럼 우두커니 앉아 있었다.

- 재는 뭐냐?

바우는 가던 걸음을 멈추고 한동안 빗속에 선 친구를 바라보았다. 목걸이를 보니 집에서 사는 친구 같은데……, 길을 잃었나? 집을 못 찾고 있는 거야? 아니면 누군가를 기다리는 걸까?

웬만하면 참견하지 않는 게 좋다. 사람들은 바우처럼 덩치 큰 개가 자기네 작은 개에게 접근하면 위험을 느끼고 화를 내는 때가 종종 있다. 사람들과 공연히 시비를 하면 친구들까지도 위험해진다.

바우는 그냥 산으로 다시 들어섰다.

"저리 가."

"저리 가."

낯선 친구들은 철조망으로 다가서는 바우를 보고 시끄럽게 굴었다. 바우는 흥분해서 떠들어대는 두 친구에게 조용히 말했다.

"이봐, 친구들. 좀 조용히 해. 난 싸우러 온 게 아니니까."

두 친구는 바우의 부드러운 눈빛을 보고도 경계하는 눈빛으로 다가들었지만 시끄럽게 떠들지는 않았다.

"도대체 왜 그렇게 시끄럽게 구는 거야? 내 친구들이 너희 둘과 한판 하려고 벼르고 있다는 말이야."

두 친구는 바우의 말에 대뜸 반박하고 나섰다.

"몰라서 물어? 네 친구들이 우리 농장에 들어오려고 하잖아."

"우리는 이 농장을 지키는 경비들이야. 우리가 농장을 제대로 지키지 못하면 우리 주인아저씨가 화를 낸단 말이야."

바우는 고개를 끄덕였다.

"자자, 이해해. 충분히 이해한다고. 하지만 서로 평화롭게 지내는 방법도 있어. 너희들도 골 안 아프고 우리도 편하게 지내는 방법이 얼마든지 있어."

"흥, 그거야 너희들이 우리 농장에 오지 않으면 가능한 이야기지."

"너희들은 떠돌이들이지? 그래서 우리 농장에 먹을 걸 훔치러 오는 거지?"

바우는 두 친구의 말투 때문에 살짝 기분이 언짢아졌지만 그냥 참기로 했다.

"떠돌이가 아니야. 내 친구들도 나도 너희들처럼 집이 있고 편하게 살아왔어. 하지만 어느 순간에 그만 스스로 모든 걸 해결해야 하는 처지가 되어버렸지. 그러니까 서로 조금씩 양보해주는 건 어때?"

"무슨 소리야? 길 잃은 들개 따위한테 우리가 왜 양보를 해야 하지?"

"우리는 아쉬울 거 없어. 철조망의 구멍도 주인아저씨가 곧 막아버릴 거니까 뜻대로 해보라고."

바우가 싱긋 웃었다.

"어리석구나. 길 잃은 들개라는 말은 없어. 들개는 너희와 달라서 길이 필요하지 않아. 우리는 얼마든지 길을 만들어서 다니지."

"그게 무슨 뜻이냐?"

"내 친구들은 너희를 곤란하게 만들 수 있어. 매번 와서 철조망 아

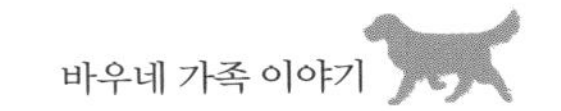

래를 파고 구멍을 내지. 그러고는 안에 들어가서 뭐든 훔치고 망가뜨릴 거야. 그러면 너희는 아주 곤란해지지 않겠어?"

"해보자는 거야?"

두 친구는 이를 드러내면서 표정이 무섭게 변했다. 송곳니가 드러나면서 찬비를 뚫고 허연 김이 뿜어져 나왔다. 바우는 기다렸다는 듯이 더 여유 있는 표정을 지었다.

"그렇게 하지 않고 편하게 지낼 수도 있지. 너희들은 농장을 잘 지킨다고 주인아저씨한테 칭찬을 듣고 말이야."

두 친구는 아리송한 표정을 지었다.

"어떻게 하자는 거야?"

"우리한테 뭘 바라는데?"

바우는 이제 자기 조건을 말할 수 있게 되었다고 느꼈다.

"이봐, 친구들. 어려울 거 없어. 그저 너희들이 먹는 사료를 조금 나눠주면 돼."

"뭐?"

"우리 사료를?"

두 친구는 펄쩍 뛰었다.

"그런 뻔뻔스러운 요구가 어디 있어?"

"우리 사료를 나눠주면 우리는 매일 배가 고플 거 아냐?"

"그렇지 않아."

바우는 고개를 가로저었다.

"우리 모두가 너희 사료를 나눠달라고 하는 게 아니야. 그저 내 아주 작은 친구한테만 조금 나눠주면 돼. 너희도 보았던 내 친구는 체구가 작아서 많이 먹지도 못해. 아마 너희가 먹는 사료 중에서 한입거리 정도만 남겨주면 충분히 만족할걸?"

두 친구는 잠시 생각하는 눈치였다. 바우는 쉴 틈을 주지 않고 밀고 나갔다.

“그 친구는 너희도 보았다시피 체구가 작아서 좀 약해. 그래서 우리가 먹이를 구하러 가는 높은 산장 근처까지 갈 수가 없어. 그러니까 그 친구한테만 너희들 사료를 조금 남겨주면 돼. 그러면 내 친구들은 너희들에게 아주 고마워할 거야. 어쩌면 너희들을 위해서 산에서 내려오는 다른 고라니나 멧돼지들을 쫓아줄걸? 그러면 너희들은 주인아저씨에게 엄청 칭찬을 듣고 간식까지 얻어먹을 수 있을지도 몰라.”

두 친구는 서로를 마주보며 의견을 나누는 듯했다. 바우는 잠자코 두 친구가 결정하기를 기다려주었다. 곧 두 친구는 바우를 향해 고개를 끄덕였다.

“좋아.”

“대신 약속 꼭 지켜.”

바우는 만족해서 웃으며 물러났다.

“물론이지. 나도 내 친구들도 약속은 꼭 지키니까 염려 말아.”

두 친구 역시 만족해서 표정이 밝아졌다.

"자, 친구들. 비 그만 맞고 어서 따뜻한 집 안으로 들어가서 쉬라고."

바우는 돌아서다가 물었다.

"그런데 친구들 이름은?"

"나는 밀."

"나는 쌀."

"밀과 쌀이라. 꽤 멋진 이름이군."

바우는 그렇게 말했지만 사실 좀 이상한 이름이라고 생각했다. 그러나 내색하지 않고 인사를 나눴다.

"밀, 쌀, 감기 조심해."

5

바우는 홀가분한 기분으로 산을 내려와서 도로로 나섰다. 그러고는 조금은 춥다고 느끼면서 집으로 가는 길을 서둘렀다. 비가 내리니까 한낮인데도 많이 어두워져 있었다.

- 응?

바우는 도로를 걷다가 아까 본 작고 하얀 친구를 다시 발견했다. 하얀 친구는 어두워진 도로에서 이리저리 배회하는 중이었다.

가끔씩 차들이 물보라를 일으키고 지나가면 바보처럼 차를 향해 달려갔다가 멀거니 다시 차를 바라보고는 했다.

- 위험해.

바우는 차들이 뜸한 틈을 타서 하얀 친구에게 달려갔다.

"이봐, 친구."

"비, 비켜."

하얀 친구는 바우를 보고 놀라서 마구 뒷걸음질을 쳤다.

"왜 그렇게 놀라는데? 이렇게 큰 개 처음 봐?"

"이, 이러지 마."

바우는 어이없다는 듯 웃으며 다가갔다.

"뭘 이러지 말라는 거야? 난 그저 인사를 했을 뿐인데."

"왜, 왜 자꾸 다가오는 거야?"

"네가 위험한 짓을 하니까 걱정되어서 그러지."

"상관하지 마. 상관 말고 저리 가."

바우는 하얀 친구가 겁을 먹었구나 싶어서 더는 다가가지 않고 그 자리에 멈춰 섰다.

"무슨 사연인지는 모르겠지만 이렇게 차가운 비를 계속 맞고 있다가는 감기로 쓰러져버릴걸?"

"상관하지 마."

"게다가 이제 곧 아주 깜깜해지면 차에 치여서 이 세상 하직하는 수가 있어."

"그때까지 안 있을 거야."

"그래? 언제까지 있을 건데?"

"아가씨가 나 데리러 올 때까지."

"데리러 온다고 그랬어?"

"그래. 간식 먹고 있으면 금방 돌아온댔어."

"그럼 그냥 인도 위로 올라가서 얌전히 기다리지 그래?"

"상관 말라니까?"

"알았어, 알았어. 작은 친구. 화 좀 내지 마."

바우는 뒤로 물러났다. 하얀 친구도 인도 위로 폴짝 뛰어올랐다.

"그럼 난 갈 테니까 조심해."

바우는 가던 길을 재촉했다.

친구들이 결과를 기다리고 있을 것이다.

6

친구들은 바우의 말에 모두가 찬성했다. 이제 곧 겨울이 다가오고 추운 겨울을 지내야 하는데 가장 문제가 초코였다. 초코는 작은 치와와 종족이어서 태어난 지 겨우 다섯 달밖에 되지 않은 퐁당이보다도 더 작았다. 그리고 태어나면서부터 몸이 약했다.

누구나 초코처럼 뜬장에서 제대로 먹지도 못하고 살아온 엄마에게서 태어나고, 태어나자마자 뜬장에서 생활을 해야 한다면 건강할 수 없다. 그래서 초코는 몸이 많이 약하다.

"난 아빠가 누군지 몰라. 난 태어나지 말아야 했어. 태어나기 전으로 돌아간다면 정말 좋겠어."

초코는 가끔 그런 말을 하고는 우울해했다. 엄마 혼자 두고 도망쳐 나온 것도 초코를 많이 아프게 했다. 친구들은 항상 초코가 걱정이었다.

“정말 잘됐어요.”

아라는 바우를 칭찬했다.

“이제 큰 걱정 한 가지가 당신 덕분에 없어졌네요.”

“흠. 당신이 그렇게 칭찬해주니까 기분 좋은걸?”

바우는 기분이 좋아서 퐁당이를 등에 태우고 몸을 흔들었다. 처마 밖에는 비바람이 더 심해지고 있었다. 나무들이 흔들리면서 윙윙 무서운 소리를 냈다.

- 할머니 계실 때는 저 소리가 하나도 안 무서웠는데.

바우는 할머니 안 계신 겨울을 처음으로 지내야 한다. 친구들 중에 산속에서 겨울을 지내본 친구는 하나도 없다.

- 지내기 어려운 겨울이 되겠구나.

바우는 거기까지 생각하다가 놀라서 벌떡 일어났다. 덕분에 퐁당이가 마루로 굴러떨어지고, 아라는 놀라서 바우를 쳐다보았다.

"왜 그래요?"

바우는 미친 듯이 달려 나갔다.

"금방 올게."

7

하얀 친구는 도로에 쓰러져 있었다. 비바람이 무섭게 몰아치고 있는데도 전혀 움직이지 않아서 덜컥 겁이 났다.

- 이런 바보 같은 실수를…….

바우는 자신에게 화가 났다. 평생 누군가를 보호하면서 살아왔으면서 어떻게 이 하얀 친구가 죽을 수도 있다는 생각을 하지 못한 건지 스스로를 이해할 수가 없었다.

바우는 하얀 친구에게 다가가서 상태를 살폈다. 정신을 잃고 쓰러졌지만 아직 숨을 여리게 쉬고 있었다. 몸은 축 늘어졌지만 아직 죽은 것은 아니다.

바우는 하얀 친구의 목덜미를 물었다. 그리고는 빗속을 미친 듯이 달렸다.

겨울나기

1

비는 새벽이 되어서야 그쳤다. 밤새 빗소리와 바람소리가 무섭게 윙윙거려서 바우도 친구들도 깊게 잠들지 못했다. 덕분에 다들 푸스스한 얼굴들이다.

누구보다도 잠을 잘 수 없었던 건 아라였다. 아라는 하얀 친구를 보살피느라 한숨도 자지 못하고 내내 하얀 친구의 털을 핥고 코끝으로 비비면서 밤을 지새웠다.

바우가 할머니께서 남겨놓고 가신 이부자리를 벽장에서 꺼내 안방 바닥에 깔고 눕혔지만 온기가 돌지 않았다. 불이 있으면 좋지만 할머니처럼 불을 피울 줄도 모르고, 불이 있는 곳에 갔다가는 사람들 사이에서 큰 사고가 날 것이다.

"너무 오래 자는데?"

바우는 하얀 친구가 계속해서 잠만 자는 게 걱정되었다. 하지만 아라는 이제 많이 태연해졌다.

"걱정하지 말아요. 숨소리가 고르잖아요. 가끔 꿈을 꾸는 것 같기도 하니까 염려 말아요."

바우는 아라를 믿었다. 처음 퐁당이를 낳았을 때에도 아라는 혼자서 잘해냈다. 조금 신경질적이기는 했지만 바우가 가져다주는 간식을 잘 먹고 몸을 추슬렀다. 그리고 퐁당이를 멋지게 키워냈다.

- 할머니께서 퐁당이 태어나는 걸 보셨으면 좋았을 텐데…….

할머니는 아라가 퐁당이를 가졌을 때부터 아라를 당신의 허벅지에 눕혀놓고 배를 쓰다듬으면서 말씀하셨다.

'좋은 일이지만 힘든 일이기도 하단다. 네 아이를 위해서 네가 먼저 튼튼해야 해. 많이 먹고 편하게 쉬어야만 한단다. 이기적이 되어야 해. 오직 네 아이만 생각하렴.'

할머니는 아라에게만은 특별히 먹을 것에 대해서 바짝 신경을 써주셨다.

'아무거나 먹으면 안 된다. 너는 이제 약을 먹을 수 없으니까 항상 조심해야 해. 골라서 먹고 골라서 눕고 그래야 한단다. 너는 냄새를 잘 맡지 않니? 그러니까 잘해낼 수 있을 거다.'

할머니는 또 바우에게도 신신당부하셨다.

'내가 아파서 같이 다닐 수 없어서 걱정이구나. 하지만 넌 이제 네 자식을 가지게 되는 거니까 네가 노력해야 한단다. 너무 멀리 나다니지 말고 항상 조심하렴. 화를 내거나 나쁜 짓을 하면 안 돼. 좋은 마음을 가지고 착한 일만 해야 해. 약속할 수 있지?'

바우는 할머니와의 약속을 지켜서 될 수 있으면 멀리 다니지 않았다. 그때까지만 해도 할머니는 집안일을 하실 수는 있어서 바우와 아라에게 신경을 써주셨지만 멀리 나가시는 일은 없었다.

할머니께서 돌아가신 후에도 바우는 할머니와의 약속을 지키려고 애썼다. 사회복지사가 구급대원들을 불러서 함께 간 병원이 멀어서 아라는 두고 혼자서만 병원을 찾아갔다. 그리고 병원은 더 이상 자신이 들어갈 수 없는 곳이라는 걸 알았다.

그 후로 할머니를 볼 수 없었지만 할머니의 수많은 손길과 말씀을 바우는 잊지 않고 약속대로 살아왔다. 약속은 중요한 것이다. 바우는 그렇게 믿었다.

"깨어났어요."

아라의 말에 바우가 반갑게 몸을 일으켰다.

2

한바탕 소동이 일어났다.

"여기가 어디야? 더러워. 날 누가 납치한 거야? 나 다시 데려다 줘."

하얀 친구는 깨어나자마자 난리법석을 떨었다. 아라에게 이빨을 드러내고 방을 나가서 마루에서 친구들을 보더니 더욱 난리를 쳤다.

아라는 그저 웃었지만 친구들은 어이가 없어서 모두 볼멘소리를 했다.

"더럽다고?"

"납치했다고?"

친구들은 바우나 아라와 달리 이 조그만 친구가 마음에 들지 않았다.

초코 하나도 보살피기 버거운데 이건 또 웬 철부지인가.

"그렇게 마음에 안 들면 가버려."

"얘는 왜 데려온 거야? 길바닥에서 죽게 내버려두지."

바우는 친구들을 나무랐다.

"그렇게 나쁜 말 함부로 하는 거 아냐. 아직 상황이 파악되지 않아서 그래. 누구나 적응이 필요한 거잖아."

"하지만 얘는 고마운 것도 모르고 우리를 무시하잖아. 그냥 보내버려."

달마가 하얀 친구를 흘겨보며 말했다. 바우는 달마를 똑바로 바라보면서 되물었다.

"정말?"

바우의 시선에 달마가 움찔했다. 달마는 온 지 얼마 안 되지만 아주 큰 상처를 입은 친구였다. 처음 만났을 때는 하얀 친구보다 상태가 훨씬 더 심했다.

달마는 처음 왔을 때 온몸이 상처투성이였다. 목에는 올가미가 걸려 있고 그 올가미 끝에 부러진 막대기까지 달고 있었다. 사람들이 맹견을 제압할 때 사용하는 올가미다.

게다가 얼마나 화가 나 있었는지 친구들조차 물어뜯으려고 달려들었다. 바우도 도저히 말릴 수가 없었는데 의외로 말릴 수 있었던 건 초코였다.

그때 초코는 달마에게 가서 말했다.

“네가 물어뜯으면 난 죽을 거야. 그러니까 날 물어뜯지 마. 이제부터 너한테 가서 네 이야기를 들어줄게. 난 네 친구가 되어줄 테니까 나한테 화내지 마.”

달마는 초코를 바라보며 약간 기세를 누그러뜨렸다. 달마는 초코가 다가오는 것을 허락했다. 초코는 달마의 이야기에 귀를 기울여 주었다.

달마는 개를 훔쳐다가 개장수들에게 파는 도둑들에게 잡히는 과정에서 목에 올가미가 씌워지고 트럭에 태워졌다고 했다. 용감하게 트럭에서 뛰어내려 달아났지만 이미 많이 다쳤고, 자신이 살던 집에서도 너무 멀어져서 찾을 길이 없는 데다가 도둑들이 쫓아오니 무조건 달아나다 보니 산에까지 오게 된 것이다.

목의 상처 때문에 올가미를 끊어내야 했는데 그게 쉽지가 않았다. 이빨이 강한 바우나 누렁이는 오히려 더 큰 상처를 나게 할 수도 있어서 이빨이 약한 초코가 오랜 시간을 들여 조금씩 뜯어내는 수밖에 없었다.

마침내 올가미는 벗겨냈지만 달마의 상처는 지금까지도 다 낫지 않았다. 이후로 달마는 막대기를 아주 싫어하게 되었고, 가끔은 사람들을 보고도 으르렁대서 친구들에게 핀잔을 듣기 일쑤였다.

"네가 처음에 우리한테 화냈던 것처럼 저 작은 친구도 우리를 향해 화를 내고 있는 거고, 그건 그냥 당황스러운 것뿐이야. 네가 그랬던 것처럼."

"난 친구들한테 화내지 않았어. 인간들에게 화가 났을 뿐이야."

달마는 억울해서 항변했다. 정말로 달마는 스스로 생각해도 친구들이 싫은 적은 한 번도 없다.

“하지만 네가 막대기를 든 농장 주인이나 그런 사람들에게 무작정 으르렁거려서 친구들이 많이 곤란했잖아.”

“농장 주인은 우리를 싫어해.”

“우리를 싫어하는 게 아니야. 우리가 거기 침입해서 농작물을 망가뜨릴까봐 그러는 것뿐이야. 쌀이나 밀에게 해주는 거 보면 농장 주인이 우리 같은 개한테 얼마나 잘해주는지 알 수 있잖아.”

“그러면 어쩔 거야? 저 애를 도로 데려다줄 거야?”

“아직 결정하지 못했지만, 넌 제발 누군가를 미워하는 습관을 고쳤으면 좋겠어. 누군가를 미워하면 네가 더 힘들어진다는 걸 알아야지.”

달마는 기세가 죽어서 그냥 딴청을 하기 시작했고, 바우를 대신해서 아라가 하얀 친구에게 접근했다. 아라와 함께 퐁당이 애교를 부려주어서 하얀 친구도 약간은 태도를 바꿨다.

"날이 아주 차가워서 너는 거기까지 갈 수 없어. 우리가 데려다준다고 해도 거기 가서 오래 견디지 못할 거야."

"하지만 지금쯤 아가씨가 나를 기다리고 있을지도 몰라."

"그 부분이 아주 궁금해서 그러는데……."

"말해주지 않을 거야."

하얀 친구는 갑자기 화를 내고는 구석진 자리로 가서 벽에 머리를 박고 엎드려버렸다.

"비밀이야?"

퐁당이 철없는 소리를 해서 하얀 친구를 더 화나게 만들어버렸다.

"까불지 마!"

하얀 친구가 소리를 지르자 아라는 퐁당을 방 바깥으로 밀어냈다.

"엄마는 저 오빠하고 이야기를 좀 해야 하니까 아빠하고 놀고 있으렴."

"난 저 오빠 좋은데."

"어서! 엄마 말 들어야지. 저 오빠는 지금 기분이 아주 안 좋아."

퐁당은 하는 수 없이 바우에게 가고, 아라는 잠자코 구석에 머리를 박고 있는 하얀 친구를 바라보면서 아무 말도 하지 않고 함께 있어주었다.

시간이 조금 지나면서 하얀 친구의 훌쩍이는 소리가 들려왔다. 아라가 자세히 보니까 어깨까지 들썩이면서 운다.

아라는 슬며시 하얀 친구에게 가서 옆에 머리를 박고 엎드렸다. 친구들이 보면 우스운 모양이겠지만, 같은 모습으로 곁에 있어주고 싶었다.

하얀 친구는 한동안 서럽게 울더니 그대로 잠이 들었다. 그래도 아라는 잠이 든 하얀 친구 옆에 계속 있어주었다.

으응. 으응. 하얀 친구는 꿈속에서도 우는 것 같았다. 무엇이 힘든지 계속 끙끙거렸다.

"아직 아픈 걸까?"

바우가 다가와서 아라 옆에 엎드렸다. 퐁당도 따라와서 잠자코 아라와 바우 곁에 엎드렸다. 이상한 일이다. 친구들이 죄다 방으로 들어와서 하얀 친구처럼 엎드렸다. 달마도 누렁이도 초코도 모두 와서 나란히 엎드렸다.

그렇게 모두 잠이 들었다.

3

어느새 밤이 되었다. 등산객들이 모두 빠져나간 시간이다. 모두가 배를 채우기 위해 집을 나섰다. 다른 친구들은 산장이 있는 산 위로 올라가지만 초코는 농장으로 가야 한다. 초코는 하얀 친구를 데리고 가기로 했다.

"하양, 넌 나하고 농장으로 가야 해. 친구들이 가는 높은 산장은 너와 나 같은 작은 체구는 올라가기 너무 힘들어."

초코의 말에 하양은 썩 내키지 않는 표정이었지만 배가 고팠다. 게다가 자기 이름을 하양이라고 멋대로 정해버리다니.

"농장은 사람들이 없어?"

"사람들은 있지. 경비를 서는 우리들 친구도 있어. 그 친구들이 우리한테 자기 밥을 조금 나눠주는 거야."

"왜?"

"응?"

초코는 갑자기 말문이 막혔다.

"바우가 부탁했어."

그렇게만 말했다. 그런데 참 이상한 일이다. 초코 자신은 한 번도 친구들이 왜 자기를 굶기지 않으려고 애를 쓰고, 산 위에서부터 먹을 걸 물고 오고, 겨울이 오니까 농장의 경비 서는 친구들에게 부탁을 했는지 생각해보지 않았다.

- 친구들은 왜 그러는 걸까?

농장에 도착하자 경비견들이 조용히 다가섰다. 하양은 철조망 안으로 들어가는 것을 무서워했다.

"자기 밥을 건드리면 물지 않을까?"

"물지 않아."

초코는 밀과 쌀을 향해 인사했다.

"안녕?"

"안녕? 어서 와."

밀이 자기 밥그릇이 있는 곳으로 안내했다. 하양은 쭈뼛쭈뼛 눈치를 보는데 쌀이 웃으며 말했다.

"넌 누구니?"

"나, 난 화이트……. 아, 아니. 하양이야."

하양은 자기 이름이 원래는 화이트라는 걸 말하지 않았다.

"혼자 올 줄 알았는데……."

밀이 말하자 초코가 뜨끔해서 어색하게 웃었다.

"아, 새로 온 친구야. 어제부터 우리랑 살게 됐어."

"괜찮아. 그냥 물어본 거야. 주인아저씨 나오실지 모르니까 어서 먹어."

초코는 밀과 쌀이 먹는 밥그릇에 다가가서 하양을 돌아보았다.

"이 친구들 곤란하지 않게 어서 먹고 사라지자."

하양은 초코를 따라 사료를 깨물어 먹다가 깜짝 놀랐다.

"에퉤퉤! 이게 뭐야?"

초코도 밀도 쌀도 놀라서 하양을 바라보았다.

"왜 그래?"

"돌 씹었냐?"

"이빨 아파?"

하양은 친구들을 둘러보았다. 그제야 자기가 뭔가 잘못했다는 걸 알았다. 하양은 아무 말도 하지 않고 그냥 사료를 먹었다. 맛이 정말

이상하지만 참았다. 배도 많이 고팠고 무엇보다도 친구들 앞에서 사료 맛이 이상하다고 말할 수 없었다.

밀과 쌀은 초코와 하양이 맑은 물까지 마시게 해주고 철조망 구멍까지 배웅해주었다.

"잘 가."

"물에 빠지지 않게 조심해. 물이 이제 많이 차갑더라."

밀과 쌀의 배웅을 받으면서 나온 초코와 하양은 나란히 산길을 걸었다. 하양이 초코를 돌아보며 물었다.

"날이 자꾸 추워지는데 불을 피울 수 없는 거야?"

"당연하지. 우리가 사람인가? 불은 사람들만 가질 수 있어."

하양은 고개를 끄덕였다.

"그렇구나. 그런데 난 어쩌지? 난 정말 자신이 없어. 추위도 무섭고 배고픈 것도 너무 무서워. 매일 이렇게 먼 길을 걸어야 밥을 먹을 수 있다는 게…….”

“네 심정 이해해.”

초코는 고개를 끄덕였다. 충분히 이해할 수 있다. 자기도 처음 왔을 때 어떻게 해야 하는지 앞이 캄캄했다. 하지만 친구들이 있으니까 서로 의지하면서 잘 지내왔다. 겨울이 혹독하겠지만 친구들과 함께라면 얼마든지 견딜 수 있을 것 같다.

“하지만 너무 걱정하지 마. 우리한테는 친구들이 있잖아. 특히 바우가 알아서 계획을 잘 세울 거야. 바우는 정말 지혜롭거든.”

“바우는 어떻게 산에 살게 되었는데?”

“바우는 원래 산에 살았어. 할머니랑 아라랑 다 같이 살았대. 퐁당이가 태어난 건 할머니 돌아가신 다음이지만.”

집에 거의 다다랄 즈음 달마가 밖에서 소리쳤다.

“어서들 와. 이제 곧 가족회의야.”

4

모두들 마루에 둘러앉았다. 바우와 아라와 달마, 누렁이, 초코, 하양이 모두 나와 앉았다. 퐁당이는 아라 품에 안겨서 새근새근 잠이 들어 있었다.

“겨울이 시작되었어. 산속의 겨울은 아주 추워. 게다가 등산객이 줄어들어서 별로 먹을 게 없어. 있어도 금방 얼어서 먹을 만하지가 않지.”

바우는 지난겨울에 할머니께서 앓아눕는 바람에 여러 가지로 힘들었던 경험을 가지고 있었다. 할머니께서 기름과 음식을 미리 주문해 두어서 그나마 지낼 수 있었지만 그래도 산속은 장난 아니게 혹독한 환경이었다.

할머니께서 돌아가시고 난 뒤로 불이라고는 구경도 하지 못했다. 비가 많이 내릴 때 돌아다니고 난 후에는 젖은 털을 말리고 싶기도 했는데 온기를 만들어낼 재간이 없었다.

"단단히 각오하지 않으면 안 돼. 그래서 우리끼리 꼭 지켜야 할 약속 몇 가지를 말할게. 내가 하는 제안이 마음에 들지 않으면 언제라도 이야기해. 서로 뜻이 맞아야 약속도 되는 거니까."

친구들은 잠자코 바우를 바라보았다. 사실 바우가 그렇다고 하면 그게 어떤 내용이든 믿을 수밖에 없다. 뭐 아는 게 있어야지.

"춥다고 산장 근처에 가서 불을 쬐려고 하면 안 돼. 산장 뒤의 벽에 기대 있으면 따뜻하지만, 산장에 사는 제복 입은 사람들이 봐준다고 해도 일반 사람들 중에는 우리 같은 떠돌이 개를 너무 싫어하는 사람들이 많아."

"그럼 아주 추울 때는 어떻게 해?"

누렁이가 물었다.

"집에 있어야지. 그러니까 집 안이 물에 젖으면 안 돼. 털이 물에 젖는 것도 조심해야 해. 벽장에 이부자리가 있어. 그걸 모두 꺼내서 여기저기 펼쳐놓고 지낼 거야. 그 이부자리를 더럽히면 안 돼. 그 이부자리로 겨울을 나야 하니까."

몸이 젖지 않게 하는 건 중요하다. 할머니는 아라가 가끔 물에 젖어서 다니면 항상 야단을 치셨다.

'털이 젖은 채로 다니면 감기에 걸린다. 너희들은 사람과 달라서 땀구멍이 없지 않니? 열이 나면 쉽게 열이 내리지 않아. 그러니까 항상 털이 보송보송해야 해. 특히 겨울에는 더 조심해야지. 너 아기 낳으면 아기 기르면서도 내 말 명심해야 해.'

할머니는 아라에게 입버릇처럼 반복해서 털을 젖지 않게 하라고 하셨다. 아라는 할머니 말씀대로 언제나 퐁당이의 몸이 젖지 않게 하려고 노력한다.

"그리고 산장 외에 또 가지 말아야 할 곳은 도로야. 농장에 갈 때, 도랑을 건너기 어렵다고 해서 도로로 나가서는 안 돼. 도로에는 눈을 녹이는 약물을 뿌리는데 그 약물에 젖으면 털이 망가져."

바우의 말에 초코가 나섰다.

"나하고 하양은 도랑물에 젖을 텐데?"

"그건 걱정하지 마. 내가 물에 젖지 않고 건널 수 있게 나무다리를 만들게."

"다리를 만든다고?"

"그냥 썩은 나무 하나만 굴려서 걸치면 돼. 너희들은 몸이 가볍잖아."

회의는 밤늦도록 계속되었다. 친구들의 대화 내용을 듣고 있던 하양은 들으면 들을수록 걱정만 쌓여갔다. 살아간다는 게 이렇게 힘든 것이었구나 싶었다.

"난 무서워. 내가 너희들처럼 잘할 수 있을까?"

달마가 하양을 흘겨보았다.

"너 있던 자리에 가서 아가씨를 기다리고 싶어?"

달마의 물음에 하양은 풀이 죽어서 고개를 떨구었다.

"아니야. 사실은……."

하양은 친구들의 눈치를 보면서 솔직히 말했다.

"난 사실…… 버림받았어."

친구들이 놀랄 줄 알았는데 아무도 놀라지 않았다. 마치 알고 있었다는 듯한 반응이다.

하양은 어마어마하게 좋은 환경에서 자랐다. 처음 태어나서는 많은 친구들과 함께 좁은 뜬장에서 지냈지만 금방 부잣집으로 분양되었다.

“날 데리고 간 아가씨는 정말 나한테 잘해줬어. 항상 포근한 아가씨 침대에서 같이 잠을 자고 아주 좋은 간식을 먹고 좋은 옷을 입고 신발까지도 좋은 걸 신었어.”

하양의 말에 친구들이 웃었다.

“신발?”

하양도 웃으며 고개를 끄덕였다.

“그래. 모자도 썼었다.”

와하하하. 친구들이 일제히 웃었다. 하양은 용기를 내서 자기 이야기를 다 하기로 마음먹었다.

"아가씨는 내가 혈통이 아주 좋다고 너무 예뻐했어. 귀한 부모에게서 태어난 귀한 몸이라고 했어. 그래서 나도 항상 우쭐했지."

하양은 약간 풀이 죽었다.

"그런데…… 며칠 전에 너무 어처구니없는 일이 일어났어. 아픈 데는 없었지만 그래도 정기적으로 병원에 다녔는데, 더 좋은 의사선생님이 계신 곳이라면서 처음 가는 병원으로 나를 데려갔어."

친구들은 이제 흥미진진하게 하양의 이야기에 귀를 기울였다. 사실 하양의 사연이 궁금했지만 바우가 절대 묻지 말라고 해서 묻지 못했던 참이었다.

"그런데 그 의사선생님이 나를 관찰하신 다음에 내가 좋은 혈통이 아니라고 하신 거야. 내가 다른 종과 섞여버렸대."

하양의 눈에 눈물이 맺혔다.

"아가씨는 아주 많이 화를 냈어. 그때부터 나를 미워하기 시작했지. 나는 예전이나 다름없는 나인데, 아가씨에게는 그렇지 않은 것 같았어. 간식도 주지 않고 아무리 똥과 오줌을 잘 가려도 치워주는 걸 싫

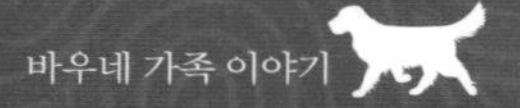

어했어. 게다가 산책도 데리고 다니지 않고 사료도 주다가 말다가 하기 시작했어."

친구들 모두 안타까운 눈빛이 되었다.

"그래도 난 기다렸어. 아가씨가 잠시 화가 난 거니까 곧 다시 서로 친해지고 사랑해줄 거야. 그렇게 믿었어. 그런데……."

하양이 고개를 떨구고 울기 시작했다.

“아가씨가 어느 날, 나를 차에 태우고 나와서는 길에 내려놓더니 간식을 하나 주었어. 그래서 이제 화가 풀렸구나 싶어서 간식을 먹는데 차가 그냥 가버렸어.”

하양이 말을 마치고 울자, 친구들도 찔끔찔끔 눈물을 흘렸다. 그리고 서로 앞다투어 위로의 말을 늘어놓기 시작했다.

“뭐 그다지 슬픈 이야기는 아니네.”

“사실 답답한 집보다 여기서 사는 게 더 좋아. 겨울만 지나면 숲이 얼마나 좋은데…….”

“우리는 그런 거 안 따진다. 그냥 다 친구고 가족이야. 우리랑 함께 즐겁게 살면 돼.”

친구들의 아우성에 하양은 조금 용기가 났다.

“나 추우면 너희들 품에서 자도 돼?”

누렁이가 가슴을 불룩 내밀었다.

"얼마든지. 내가 벌써 털을 갈아서 겨드랑이 털이 거북스러울 정도니까 걱정 붙들어 매라고."

와하하. 친구들이 누렁이와 하양을 번갈아 보며 웃었다.

미워하는 마음

1

겨울은 생각보다 매서웠다. 날마다 바람이 칼날처럼 불어오고, 물은 젖을 것도 없이 꽁꽁 얼어붙었다. 덕분에 산장 근처에는 가서 불을 쬐지 않는다는 결정을 바꿀 수밖에 없었다.

산장으로 올라간다는 건 사실 힘든 결정이다. 일단 덩치가 작은 초코나 하양으로서는 산장까지는 넘보기 힘든 여정이다. 체구가 작고 추위에는 더 약하니까 다른 방법을 찾아야 했다.

그나마 다행인 것은 퐁당이가 이제 많이 자라서 혼자서도 산을 잘 오른다는 점이다. 날이 춥고 길이 미끄럽지만 퐁당이는 바우와 아라가 앞뒤에서 보호하며 걸으면 문제가 없었다.

"내 등에 타서 떨어지지 않고 매달릴 수만 있다면 문제없을 거야."

달마가 초코에게 말했다.

"넌 내가 데리고 갈게."

누렁이가 하양을 돌아보았다.

"넌 내가 데리고 갈 테니까 내 등덜미를 꽉 물고 버텨야 해."

"물라고?"

"그래. 뒷목의 늘어진 부분을 물고 버티는 거야."

"아프지 않을까?"

"바보. 뒷목의 가죽은 물어도 아프지 않아."

Biscuit
Biscuit

하양은 사실 그런 면에서 친구들 같지 않았다. 자기 자신에 대해서도 제대로 아는 게 없다. 하지만 어렴풋이 기억은 했다. 어릴 적에 엄마가 자기 목덜미를 물고 다니면 전혀 아프지 않고 오히려 기분이 좋았다는 것.

"좋아. 우리 모두 결정한 거다. 저녁에 해가 진 뒤 출발해서 밤을 지내고 아침이면 내려와야 해. 아무리 귀찮아도 그렇게 하지 않으면 등산객들에게 발각되어서 산장 사람들까지 난처해질 거야."

한겨울에도 등산객들은 제법 산에 올라왔다. 산장에서 지내는 사람들이 아침에 일어나서 움직이기 전에 사라지는 게 맞다.

저녁에 출발해서 밤에 도착하고 사람들이 오지 않는 보일러실 담벼락에 나란히 기대 몸을 녹이면서 밤을 지내고 아침에 일찍 음식을 먹고 내려온다. 그리고 다시 저녁에 해가 지고 나서 올라가 음식을 챙겨먹고 보일러실 담벼락에서 밤을 지낸다.

"주의할 건 절대 등산로로 다녀서 등산객들과 부딪치지 않아야 한다는 거야."

"밤에 가는데 그래야 해?"

누렁이는 불만이었다. 등산로로 가면 편하지만 등산로를 피해서 가려면 길이 험하다. 눈이 쌓인 추운 겨울에는 등산로를 피해 다니는 게 고역이다. 게다가 밤에 다녀야 하니까 더 힘들다.

"힘들어도 그래야 해. 등산객들과 부딪치면 산장에 사는 사람들이 난처해져."

산장에 사는 사람들은 나랏일을 하는 사람들이다. 할머니 말씀이 그랬다. 나랏일을 하시는 분들이라 등산객들이 불편하면 그 사람들이 난처해진다고 하셨다.

산장 사는 사람들은 고마운 사람들이다. 먹을 걸 챙겨주기도 하고 물을 챙겨주기도 한다. 대놓고 사료를 주거나 살갑게 대하지는 못한다. 아마도 우리와 친하게 지내는 게 금지되어 있는 건 아닐까 싶다. 그래도 몰래 이것저것 먹는 걸 많이 챙겨주는 사람들이다.

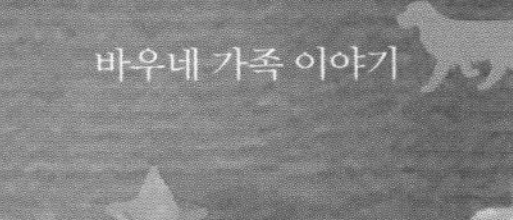

“또 하나, 절대 떠들면 안 돼. 우리 소리를 들으면 등산객들이 무서워하니까.”

바우는 친구들의 귀에 못이 박히도록 주의를 주었다.

2

날이 심하게 추워지는 한겨울이 왔다. 유독 더 추운 겨울이었다. 매일 해가 지면 산으로 올라갔다. 추위를 무릅쓰고 매일 산장에 가는 게 고역이었지만, 하루도 거르지 않고 가야 할 이유가 있었다.

첫째, 음식을 먹어야 했다. 둘째, 추위 때문에 밤을 지내기가 어려웠다. 셋째, 몸을 움직이지 않으면 건강을 유지할 수가 없다.

매일 해가 지고 등산객들이 뜸해지는 시간이 되면 산으로 향했다. 바우가 앞장을 서고 퐁당이 가고 그 뒤로 초코를 등에 태운 달마가 가고 이어서 누렁이가 하양을 태우고 가고 마지막에 친구들의 상태를 보면서 아라가 걸었다.

보일러실 담벼락은 따뜻했다. 담벼락 가까운 곳에 사람들이 먹다 남긴 음식과 산장 사람들이 일부러 챙겨다준 음식들이 있었다.

음식을 먹고 보일러실 담벼락에 서로의 몸을 붙이고 엎드려 잠이 들었다. 가끔은 그렇게 하고도 추워서 잠을 못 이룰 때가 있다. 바람이 심하게 불거나 눈이 많이 내리는 날은 처마도 소용이 없었다.

바우는 그런 날 밤이면 꿈을 꾸었다.

꿈속에서는 언제나 할머니가 화로에 소시지를 구워서 창밖에 내어놓고 식혔다. 그리고 다 식은 것 같으면 조금씩 떼어서 입에 넣어 주었다.

바우와 아라는 어린 아기처럼 소시지 조각을 받아먹었다. 소시지보다 할머니의 손길이 더 좋았다. 소시지를 주는 할머니의 손끝을 핥았다. 할머니는 웃으며 코끝을 손가락으로 두드렸다.

'착한 녀석. 보채는 법이 없구나.'

꿈속의 할머니는 언제나 웃었다.

3

눈이 그치고 하늘이 맑은 날이었다. 먹을 것만 아니면 굳이 산장에 가지 않아도 될 만큼 오랜만에 따뜻하고 고요한 날씨였다.

하늘에는 둥근 달이 떠올라서 눈밭을 환하게 비추어주었다. 날이 좋아서 친구들은 다른 때보다 느긋하게 산을 올랐다. 하양과 초코도 친구들에게 의지하지 않고 혼자 걸을 수 있었다.

퐁당이 하늘의 달을 올려다보며 꼬리를 흔들었다.

"아빠, 달님이 너무 커졌어요."

"한 달에 한 번은 저렇게 커지잖니?"

"아녜요. 다른 때보다 엄청나게 커졌다니까요?"

"오호, 네 말을 듣고 보니 그런 것도 같구나."

그때 뒤에서 따라오던 아라가 말했다.

"달마가 보이지 않아요."

바우는 뒤를 돌아보았다. 달마가 보이지 않았다. 누렁이가 뒤를 돌아보며 말했다.

"달마는 냄새를 맡은 것 같아."

"무슨 냄새?"

바우는 불길한 느낌이 들었다.

"닭고기 냄새가 났어."

"어디서?"

"등산로는 아니야."

하양이 말했다.

"닭고기가 아니야. 라면 냄새야. 그건 나도 맡았어."

바우는 불안한 눈길로 산 아래쪽을 바라보았다. 등산로는 아니지만 가끔씩 사람들이 몰래 와서 고기를 구워 먹거나 라면을 끓여 먹는 곳이다. 위험한 사람들이고 접근해서는 안 된다.

"사람들이 보였어?"

바우의 물음에 하양이 고개를 흔들었다.

"몰라. 말소리가 들리기는 했어."

바우는 아라에게 말했다.

"친구들 데리고 먼저 가. 난 달마를 찾아볼게."

바우는 아라의 응답을 들을 겨를도 없이 산길을 내달렸다. 등산로에서 약간 벗어난 계곡 아래쪽에서 불빛이 어른거렸다.

바우는 살금살금 계곡을 따라 다가갔다. 몇 사람이 웅크리고 앉아서 불을 피우고 라면을 끓이고 있었다.

'걸리면 벌금이지?'

'당연하지. 그러니까 걸리면 한 사람이 다 뒤집어쓰는 거야. 그리고 모아서 내는 거지.'

'비싼 라면에 비싼 술이네.'

'김씨는 어디 갔어?'

'급한가봐.'

달마는 보이지 않았다.

4

달마는 자기가 맡은 냄새가 닭고기 냄새가 아니라 라면 냄새라는 걸 깨달았다. 사람들을 피하고 싶어서 그냥 조용히 물러났다. 그러고는 다시 친구들 대열로 가려고 지름길로 들어섰다.

바로 그때 앞쪽에서 한 사람이 불쑥 나타났다. 갑자기 나타난 사람도 달마도 서로 놀랐다. 컹! 달마가 짖자 사람도 놀라서 달마에게 막대기를 휘둘렀다.

달마는 그 순간 몸속에서 무언가가 폭발하는 소리를 들었다. 갑자기 커다란 막대기가 자신을 향해 돌진해오는 걸 느꼈다.

컹!! 달마는 가슴속에서부터 뿜어져 나오는 분노로 이를 드러내면서 막대기를 휘두르는 사람에게 달려들었다. 사람은 막대기를 놓치면서 넘어졌다.

달마는 막대기를 든 손을 물어뜯었다. 악! 사람은 비명을 질렀다. 달마는 사람의 목을 향해 달려들었다. 그러고는 사람의 목을 막 물어뜯으려는데 바우의 목소리가 들려왔다.

"달마, 안 돼!"

달마는 그제야 정신을 차리고 사람에게서 물러났다. 뒤를 돌아보자 바우가 놀란 눈으로 바라보고 있었다.

"저, 저 사람이……."

"어서 이리로 와, 달마."

달마는 바우에게로 달려갔다.

"가자. 어서 빨리 여기를 벗어나야 해."

달마는 바우를 따라서 산비탈을 달렸다. 등 뒤에서 사람들의 다급한 목소리가 들려왔다.

'무슨 일이야?'

'왜 그래?'

'들개가 나를 물었어.'

달마는 바우를 따라 달리면서 소리쳤다.

"저 사람이 나를 잡아가려고 했어."

"바보. 저 사람은 그냥 자기 볼일을 보러던 것뿐이야."

"나한테 올가미를 씌우려고 했다니까?"

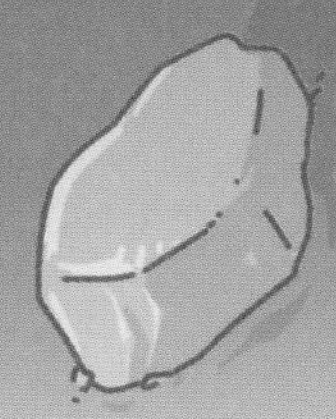

"그건 등산용 지팡이야. 할머니도 가지고 있던 거란 말이야."

달마는 바우의 말을 듣고 어쩌면 자기가 실수를 했을 수도 있다고 생각했다.

"넌 네 가슴속에 있던 미움을 이겨내지 못해서 아무거나 막대기만 보면 전부 올가미로 보이는 거야."

달마는 걸음을 멈추고 바우를 바라보았다.

"정말?"

"그래. 미워하는 마음."

바우가 고개를 끄덕였다.

"그게 널 힘들게 하는 거야."

약속

1

초코의 눈이 동그래졌다.

"뭐라고?"

밀과 쌀이 걱정되는 듯 말했다.

"사람들이 왔었어. 너희들 다 잡겠다고 했어."

"우, 우리가 뭘 어쨌기에?"

"사람을 물었다던데?"

밀이 주변 눈치를 보며 말했다.

"달아나. 너희들이 사는 집을 안다고 했어."

"누가?"

"주인아저씨가 그렇게 말했어. 내일 포획할 사람들이 온대."

쌀도 고개를 끄덕였다.

"어서 가서 바우에게 알려."

"아, 알았어. 고마워."

초코와 하양은 정신없이 집으로 달렸다.

잠시 후, 마루에 모두가 둘러앉았다. 바우의 태도로 보아 심각한 상태인 것 같았다.

"만일 여기로 사람들이 온다면 우리는 이 집을 버릴 수밖에 없어."

바우의 말에 친구들 모두가 아우성을 쳤다.

"여기를 버리면 어디로 가?"

"이 겨울에 집을 버리면 우린 얼어 죽고 말 거야."

"차라리 산장에 가서 살면 안 될까?"

바우는 고개를 가로저었다.

"산장 사는 사람들도 이제 우리를 더 이상 봐주기 곤란할 거야. 그 사람들이 더 곤란해지게 하면 안 돼."

친구들은 낙심했다.

“그뿐 아니라 이 산을 떠나야 해. 아니면 잡혀가게 돼.”

“잡혀가면 어떻게 되는데?”

“알 수 없지.”

“어디로 가야 하는데?”

“생각해둔 곳은 있어?”

바우는 친구들의 아우성을 들으면서 아무것도 생각해둔 게 없다는 사실에 자책했다. 이런 일이 일어날 수도 있다는 걸 미리 생각해두었어야 했다.

"아직 모르지만 다른 산에 가면 빈집이 있을 거야."

친구들은 불확실한 바우의 말에 실망했다. 달마는 한쪽에 앉아서 고개를 떨구고 친구들의 눈치만 보았다. 그 모습을 보고 바우는 모두가 들으라는 듯 말했다.

"이런 일이 일어날 수도 있는데 미리 생각하지 못해서 미안해. 하지만 이런 일이 일어난 건 누구의 잘못도 아니야. 그냥 운이 나빴을 뿐이야. 달마 아니라 누구라도 맞닥뜨릴 수 있는 일이야."

친구들이 달마를 쳐다보았다.

"미, 미안해."

달마는 친구들의 시선에 풀이 죽어서 말했다. 친구들은 고개를 저었다.

"아니야, 달마.
네 잘못이 아니야."

"미안하지 않아도 돼."

"그래. 우리 모두 언제 사람과 맞부딪칠지 모르는 일이잖아."

달마는 친구들이 고마웠다.

"하지만 내가 사람을 물지만 않았어도 이렇게 되지는 않았을 테지."

"그게 아니라니까? 그 사람이 먼저 막대기를 휘둘렀잖아."

"그래, 맞아. 너는 막대기를 너무 무서워하는데……."

"나도 막대기는 무서워."

그때 멀리서 밀과 쌀이 소리치는 소리가 들려왔다.

"온다!"

"온다!"

사람들이 오고 있다는 신호다.

"달아나."

"달아나."

밀과 쌀은 필사적으로 소리쳤다.

2

다행인지 아닌지 모를 만큼 눈이 펑펑 내리기 시작했다. 바람까지 불어서 주변의 사물들이 쉽게 분간되지 않았다. 얼어붙은 나무들 사이로 찬바람이 쌩쌩 불어왔다.

"모두 흩어지지 않게 조심해."

바우는 가장 험한 길을 선택했다. 좋은 길로 가거나 큰길로 내려가면 영락없이 잡히고 만다. 사람들은 바우와 친구들이 상상도 하지 못할 만큼 좋은 자동차와 도구들을 가지고 있다.

"산등성이를 타고 돌아가야 해. 떨어지면 안 돼. 정신들 바짝 차려야 해."

친구들 모두가 산장을 오를 때와 똑같은 행렬을 만들어서 아슬아슬한 길을 갔다. 절벽과 절벽 사이의 길은 사람 하나가 겨우 다닐 만한 폭이었는데 구불구불해서 여차하면 비탈로 쓸려 내려갈 판이었다.

아라는 조심조심 길을 찾아 걸었다. 자기가 실수하면 퐁당이는 말할 것도 없고 친구들 모두가 길을 잃게 된다. 눈보라 때문에 눈앞도 잘 보이지 않고 냄새도 맡기 힘들었지만 아라는 최선을 다해서 길을 찾아 나갔다.

그런데 그때 앞쪽에서 사람들의 말소리가 들려왔다.

'맞지? 오고 있지?'

'내가 뭐랬어?'

'개들이 아무리 대가리 굴려봐야 뻔하지.'

'자자, 다른 수색대가 오기 전에 우리가 챙기자. 돈 좀 될 거야.'

아라는 위험을 느끼고 몸을 돌렸다.

"길이 막혔어. 돌아가야 해."

순간, 핑! 무언가가 허공을 날았다. 동시에 아라의 허리에 무언가가 와서 꽂혔다. 아라는 비탈로 미끄러져 내리면서 소리 질렀다.

"달아나!"

퐁당이 아라를 향해 비탈을 내달리면서 소리쳤다.

"엄마!"

아라가 먼저 굴러 내려가고 퐁당이 그 뒤를 따라서 미끄러져 내려갔다. 눈보라가 너무 강해서 바로 옆에서 같이 굴러도 서로를 알아볼 수가 없을 정도였다.

"엄마!"

"아가야!"

서로를 불렀지만 서로의 목소리는 들리지도 않았다.

3

맨 뒤에 있던 바우는 자신이 뒤로 돌아야 한다는 걸 알았다. 그래야 친구들이 길에서 돌아 나온다. 그런데 소리친 아라는 어떻게 된 것인지 보이지가 않았다.

친구들은 길을 돌아서 달아나지 못하고 비탈을 미끄러져 내려갔다. 달마가 미끄러지자 달마의 등에 매달려 있던 초코가 눈밭으로 나뒹굴었다.

누렁이도 미끄러져 내리는데 다행히 하양은 등에서 길로 떨어져 내려서 미끄러지지는 않았다. 바우는 하양에게로 달려가서 덥석 하양의 목덜미를 물었다.

핑! 핑! 바늘이 날았다. 바우는 그게 무엇인지 알 수 없었다. 그게 무엇이든 맞으면 안 된다고 생각했다. 뒤를 돌아볼 겨를도 없이 하양을 물고 길을 달렸다.

그런데 앞쪽에 사람 그림자들이 나타났다. 바우는 순간 결정해야만 했다. 사람은 두 사람에 불과했다. 그냥 달려들어서 돌파할 수도 있을까? 그러다가 급하면 물어야 할지도 모른다.

할머니와의 약속이 생각났다.

언젠가 술에 취한 아저씨가 할머니에게 와서 행패를 부렸을 때 바우는 할머니를 지키기 위해서 자기도 모르게 허연 송곳니를 드러내며 으르렁거렸다.

'안 돼, 바우야.'

할머니는 바우의 등을 토닥였다.

'사람을 물면 안 돼. 넌 사람을 돕고 구하는 아이잖니. 절대 사람을 물면 안 돼. 평생.'

바우는 할머니를 사랑했고, 할머니의 말씀은 맞는 말이었다.

'약속하렴. 절대 어떠한 경우에도 사람을 물지 않겠다고. 약속할 수 있지?'

바우는 할머니와 약속했다. 어떤 경우에도 사람을 물지 않겠다고.

하양이 겁에 질려서 말했다.

"어떡해?"

바우는 하양을 문 채로 비탈을 오르기 시작했다. 미끄럽고 힘들었지만 바우는 힘이 좋았다. 하양을 문 채로 비탈을 올라가서 바위틈에 몸을 숨겼다.

하양을 내려놓고 숨을 몰아쉬었다. 아래에서 사람들이 웅성거리는 소리가 들리는 듯도 한데 확실하지는 않다. 눈보라 때문에 모습도 보이지 않고 소리도 제대로 들리지 않았다.

아라와 퐁당은 어떻게 되었을까?

바우는 하양을 돌아보았다. 하양은 겁에 질려서 어쩔 줄을 모르고 몸을 떨었다. 추위와 두려움으로 눈에서 눈물이 흘러내렸다.

바우는 하양의 목덜미를 다시 물었다. 무슨 수를 써서든 하양을 먼저 산장으로 올려야 한다. 작은 친구니까 산장 사람들이 감춰줄 수도 있고 설사 발각되더라도 떠돌이라고 위험하게 느끼지도 않을 것이다.

바우는 아라와 퐁당 때문에 조급한 마음을 누르고 하양을 문 채 미친 듯이 산을 올랐다. 미끄러지면 다시 오르고 미끄러지면 다시 올랐다. 똑바로 오르느라 가팔랐지만 대신 사람들이 급경사를 따라올 수 없어서 다행이었다.

산장이 보이는 곳에서 하양을 내려놓고 바우는 그제야 하양에게 말했다.

"산장으로 숨어."

"싫어. 무서워. 같이 가."

"안 돼. 넌 여기 있어도 괜찮아. 산장 사람들이 널 보호해줄 거야."

"싫어. 너도 가지 마. 너랑 있을래. 넌 가면 죽을 거야. 저 사람들 무서운 사람들이잖아."

하양은 어린아이처럼 울었다. 바우는 하양의 눈물을 핥아주었다.

"울지 마."

"친구들 다 잡혀가면 어떡해? 나만 어떻게 살아?"

"걱정하지 마. 내가 가서 구할게. 내가 다 구할게."

"나, 사람들하고 살기 싫어. 사람들 미워. 꼭 와. 꼭 구해서 와."

"미워하지 마. 아무도 미워하지 마. 미워하면 이런 일이 일어나는 거야."

"꼭 올 거지?"

"그래, 꼭 올게. 여기서 절대 움직이지 마. 보일러실에 들어가. 알았지? 하양, 약속할 수 있지?"

하양은 마지못해 고개를 끄덕였다.

"간다, 하양아. 나, 간다."

바우는 다시 왔던 길로 되돌아갔다. 비탈을 내려가는 건 올라올 때보다 더 어려웠다. 그래서 차라리 구르는 게 나을 지경이었다. 바우는 구르기도 하고 미끄러지기도 하면서 눈보라 속을 헤맸다.

산속에는 더 이상 아무도 없는 것 같았다. 눈보라가 약간 잦아드는가 싶더니 산 아래쪽에서 사람들 소리가 들려왔다. 거리가 멀고 아직도 바람이 강하게 불어서 말소리를 제대로 들을 수는 없었다.

바우는 살금살금 아래를 향해 내려갔다.

아래쪽에는 사람들이 웅성이고 있었다. 달마와 누렁이가 축 늘어져서 수레에 실리는 게 보였다. 차가 올라올 수 없는 곳이어서 사람들이 장화를 신고 수레를 끌고 있었다.

아기는? 그녀는?

바로 그때 아라와 퐁당이 축 늘어져서 다른 수레에 실려 있는 게 보였다. 사람들은 수레를 끌고 큰길을 향해 나가고 있었다.

'자, 서두르자. 동물구조대가 오면 보호소로 데려가게 되니까 우리가 가로채야지.'

바우는 그게 무슨 말인지 몰랐다. 하지만 좋은 사람들은 아니라는 걸 알 수 있었다. 바우는 수레를 향해 쏜살같이 달려갔다.

- 안 돼!

바우는 수레를 끌고 미는 사람들을 향해 달려들었다. 사람들이 놀라서 바우를 향해 돌아섰다. 키가 큰 한 사람이 올가미에 막대기가 달린 도구를 들고 바우를 막아섰다.

바우는 올가미를 피해서 힘차게 달려들었다.

쿵. 바우는 머리로 키 큰 사람을 들이받았다. 우앗! 키 큰 사람은 겁을 먹고 뒤로 넘어졌다. 바우는 다시 다른 사람을 향해 달려들었다.

'이 개는 못 물어. 놀라지 마.'

'맹도견이었을 거야.'

바우는 다른 사람을 향해 달려들면서 머리로 그 사람을 들이받았다. 키 큰 사람이 일어나서 바우의 머리를 뒤에서 막대기로 후려쳤다.

바우는 휘청거리면서 자기를 때린 사람을 돌아보았다. 눈에 무언가가 흘러들어서 뿌옇게 보였다. 바우는 그 사람을 다시 머리로 들이받으려고 했지만 목에 무언가가 걸려서 조여왔다.

'잡았다. 힘 좋네, 이놈.'

'그럼 뭐해? 물지 못하는 개구만.'

'헤헤. 물지 못하는 개가 개냐?'

바우는 바닥을 뒹굴면서 이겨내려고 했지만 이겨낼 수가 없었다. 눈에 무언가가 자꾸 흘러들어서 눈을 뜰 수가 없었다.

퐁당이와 아라가 쓰러져 있는 모습만이 흔들리지 않고 눈에 들어왔다.

사진처럼 눈앞을 떠나지 않았다.

4

아침 해가 밝았다. 눈은 언제 그렇게 쏟아졌냐는 듯이 하늘은 맑고 햇살이 반짝였다.

하양은 보일러실을 나섰다. 보일러실 앞에는 소시지와 참치 캔이 놓여 있었다. 산장 사람들이 준 것 같았다. 천천히 생각하면서 배를 채웠다.

바우는 언제나 틀리지 않는다. 바우가 말한 대로 산장 사람들은 어젯밤 보일러실을 열어보고는 모른 체 그냥 문을 닫았다.

산장 사람들은 말했다.

'애 하나쯤은 괜찮을 거야.'

'그냥 여기 머무르게 하자.'

'어차피 큰 애들은 다 사라져서 이제 오지 않을 거야.'

'보호소에서 데려간 게 아니라 개장수들이 가로챈 것 같아.'

'쯧쯧. 안타깝게 되었네.'

'하여간 인간이 참 잔인해.'

'그런 말 몰라?'

'무슨 말?'

'같은 동물들끼리 이러기냐?'

'맞는 말이다. 참…….'

하양은 산장 사람들이 하는 말의 의미를 알았다. 그리고 친구들이 모두 두 번 다시 자기와 만날 수 없다는 걸 깨달았다.

슬펐지만 어제처럼 눈물을 흘리지 않았다. 침착하게 배를 채우고 물을 마셨다. 산장과 눈 덮인 산을 번갈아 바라보았다. 산장 사람들이 눈을 치우고 있었다.

- 싫어.

하양은 고개를 저었다.

- 당신들에게 기대고 싶지 않아. 언제고 피치 못할 일이 생기면 당신들은 내 친구들처럼 나한테 해주지 않을 거야.

친구들을 생각했다.

힘들었지만 참 좋았다. 추웠지만 포근했고 배가 고팠지만 편안했다. 좋았던 날들이었다. 못나고 한심한 우리들끼리 서로 돕고 위해주었다.

산장을 뒤로하고 천천히 산길로 향했다. 희망을 갖기로 했다. 친구들 중 누구라도 올 수 있다. 자기 도움을 원할 수도 있다. 그러니까 친구들을 기다리러 가자.

하양은 살던 집을 향해 산을 내려가기 시작했다.

- 만일 아무도 없으면 어쩌지? 아무도 돌아오지 못하면 어쩌지? 나 혼자 오래오래 살아야 한다면 어쩌지?

바우를 떠올렸다.

"바우야, 나 잘 해낼 수 있을까?"

'응.'

어디선가 바우가 대답한 것 같다.

'하양아, 난 널 믿어.'

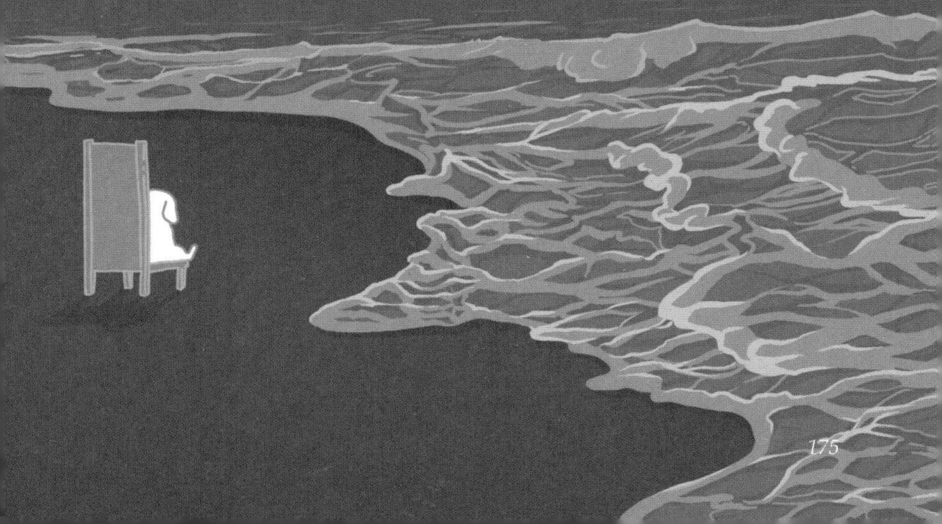

바우네
가족이야기
Bau's Family Story

세상에서
가장 아름답고 특별한 가족 이야기

'뭐, 뭐지?'

나는 놀라서 뒤로 물러나려고 했는데 마녀 집사가 눈을 반쯤 뜬 채로 날 꽉 끌어안아서 나는 너무 당황스러웠지만 어쩌지 못했다. 물론 확 할퀴어버릴 수도 있지만, 너무 그렇게 적대적으로 대하는 건 나를 챙겨주는 집사에 대한 예의가 아니어서 얼마간 참아보기로 했다.

"너 참 못생겼다. 신기하게 생겼어."

마녀 집사는 침대에 엎어진 채 두 팔로 나를 안고 두 눈을 내 얼굴에 바짝 들이댔다. 이제 보니 눈동자가 두 가지 색인 것이 평소 느낌하고 달랐다. 묘하네. 인간들의 눈동자는 우리에 비해서 참 보잘것없다고 생각했는데 안 그럴 수도 있겠다.

"못생겼다고 해서 네 잘못은 아니니까 마음에 두지 마. 대신 못생기면 귀여운 데가 있거든."

사람들은 나를 못생긴 고양이라고 한다. 하지만 틀린 말이다. 나 살던 동네의 고양이들은 청년이든 중년이든 전부 나한테 빠져서 헤어나지 못했는데 뭘 모르는 것 같다.

"나, 사랑하는 사람 생겼다?"

마녀 집사는 말끝에 히히 웃었다. 나는 마녀 집사가 한 말이 무슨 말인가 해서 한참 생각해야 했다. 사랑하는 사람이 어떤 사람인가는 나도 안다. 하지만 마녀 집사는 누구를 사랑할 것 같지 않아서 이상하다.

마녀가 사랑을 하다니.

〈첫눈보다 내가 먼저 왔으면 좋겠다〉 中 –

바우네
가족이야기
Bau's Family Story